孙子兵法

第三十四册

上海人民美術出版社
浙江人民美术出版社

目 录

九地篇 · 第三十四册

战例

李自成计突重围出车箱

编文：张　良

绘画：方其林　蔡　雅
　　　方　芳　董　风

原　文　围地则谋。

译　文　陷入围地，就要运谋设计。

1．明崇祯六年（公元1633年）冬，高迎祥、李自成、张献忠等义军首领，趁黄河封冻，率农民军一举攻破黄河天险，把明朝调来围剿义军的重兵，甩在后面，浩浩荡荡进入中原大地。

2. 河南的官兵防御力量比较薄弱。农民军千里跃进，仅仅一个月，足迹几乎遍及河南西部各县。

3. 农民军行动迅速，瞬息间犹如水入沙地，无踪无影；忽然间又大兵骤至，攻城掠县，把明政府的腹心地区搅得天翻地覆。

4. 崇祯七年春，明思宗朱由检任命延绥巡抚陈奇瑜为陕、晋、豫、楚、川五省总督，大规模“围剿”义军。

5. 陈奇瑜十几万大军集结河南、湖广。起义军与官兵有过几次小接触，失利后，就避实就虚，回到了起义的发源地陕西。

6. 陈奇瑜打了几次胜仗，就趾高气扬起来。得知农民军转移陕西，认为是溃逃，就尾随而来。

7. 李自成见官兵大举入陕，怕主力有险，就派遣一部兵力杀向四川。

8. 四川官兵的告急文书像雪片一样飞来，陈奇瑜大惊，又急调大军星夜入川进剿。

9. 李自成调动官兵主力入川后，立即兵分三路杀向明朝防御力量薄弱的湖广。

10. 义军行至兴安府（今陕西保康），与陈奇瑜从四川撤回的官军遭遇。兵力众寡悬殊，农民军奋力搏杀，也难以击退官兵四面围堵。

11. 义军被迫退入车箱峡中。车箱峡四面高山耸立，无可攀援，中间一条长四十余里的峡谷，连树木都不生长。

12. 陈奇瑜见义军陷入峡中，就分派人马，将各隘口及四面山顶重重扼守，整个车箱峡围得就像铁箍一样。

13. 偏在这时，天又降起大雨，义军只好搭起帐篷，待天转晴再作计议。

14. 岂知这场雨竟时缓时急，一连下了七十多天，刀甲锈蚀，箭矢脱羽，兵士十有九病，再加上缺粮断药，数万将士面临绝境。

15. 官兵在山头不时射下劝降文书，李自成等首领恐兵将哗变，急得坐卧不安。此时，谋士顾君恩提出了突围的计策。

16．李自成急问是何计，顾君恩道："官军贪利好功，又怕我们窘急拼命，故而迟迟不攻。我们可献宝诈降……"

17. 李自成摇头说："此计在过黄河时已用过，他们岂肯再信？"顾君恩道："前次之事，当事官畏罪，不敢上奏朝廷，朝廷始终不知。而今的监军太监杨应朝贪鄙异常，先买通他，大事可成。"

18. 高迎祥、张献忠等首领觉得有理，可以一试，不然，等敌兵进攻，义军就将全部覆灭。李自成思索了一番说：“那就有劳先生大驾了。”

19. 顾君恩来到隘口，声称要见杨监军，守兵不敢怠慢，立刻引见。

20. 顾君恩见到杨应朝，即送上重宝，然后说："前次事变，非高、李首领本意，今已后悔不迭，个个愿受招安。"接着巧言恭维一番。

21．杨应朝见财眼开，当即答应说：“只要你们诚心归顺，我当尽力说通陈奇瑜。”

22. 顾君恩又遍贿陈奇瑜身边的其他属官。官军本来就贪生怕死，不敢同义军打硬仗，得了贿赂后，那批官员都在陈奇瑜面前替义军说话，主张招抚。

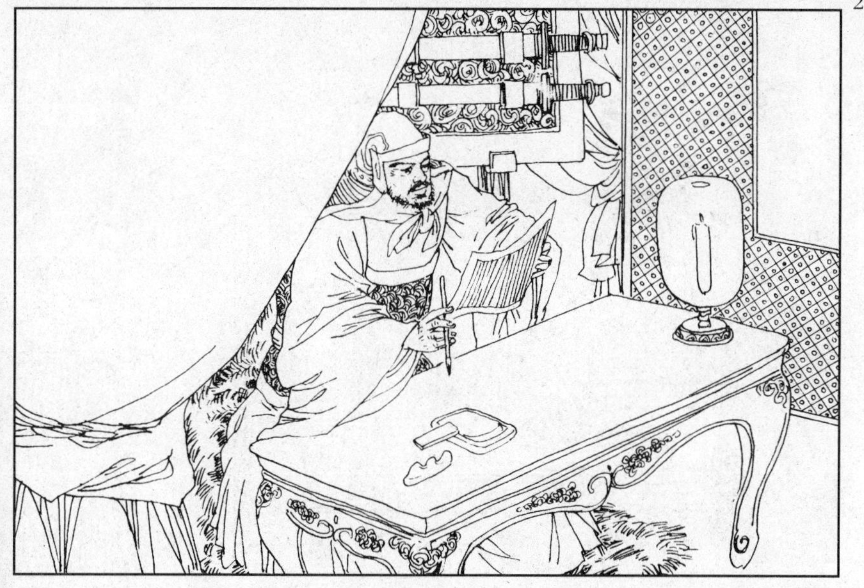

23. 陈奇瑜一时没了主意，心想农民军可能确是走投无路而请降，自己不必拼杀就可立下大功，当即修书报请朝廷。

24. 这年六月，朱由检亲自批准，同意招安。

25. 陈奇瑜即清点峡中义军，共三万六千余人。每一百人派一名安抚官加以监视，负责遣送还乡。

26. 于是，农民军饱食整旅出峡，巧妙地渡过难关。

27. 闰八月，义军出了栈道。一天夜间，农民军将士突然杀了安抚官，分头杀向陕西各地。

28. 这时陈奇瑜才大梦方醒，一面飞速调军“截剿”，一面以“阻挠抚局，杀降激变”的名义，抓了几个下属作“替罪羊”。

29. 义军已如出笼的猛狮，一连攻克宝鸡、麟游等地，队伍迅速扩大到二十余万人。

30. 一班朝官纷纷上疏指责陈奇瑜失察误国。陈奇瑜终被革职下狱。

战例

郑成功死地力战胜八旗

编文：老　耿

绘画：徐有武　缪宜民
　　　孙　並楼　绚

原　文　死地则战。

译　文　到了死地，就要奋勇作战，死里求生。

1. 清顺治三年（公元1646年），掌握南明军政实权的郑芝龙降清，南明灭亡。清军认为东南沿海大局已定，遂将用兵主要目标转向西南、中南地区。

2. 郑芝龙的儿子郑成功逃往南澳（今广东南澳东），利用清军沿海兵力薄弱的形势，继续募兵抗清，进而形成以厦门为核心的抗清根据地。

3. 顺治九年（公元1652年），郑成功在江东桥（今福建漳州东）伏歼了清军驻闽主力，而后合围漳州（今福建漳州）。

4. 清廷经过江东桥之战，重新估价了郑成功的力量，派万余八旗精骑入闽，增援漳州。

5. 清军吸取了前将失败的教训，改变进攻策略。主力从大路进攻，另分一部由右翼小路经长泰（今福建长泰）迂回包围郑军。

6. 郑成功得知这一消息，立即下令撤出漳州。

7. 十月初，清军向驻守在漳州东南的郑军发动了进攻。郑军初次与战斗力较强的八旗军作战，经不住骑兵的凶猛冲击，损兵折将，被迫退守海澄（今福建龙海东南）。

8. 海澄是厦门的门户，得之可为反攻大陆的滩头据点，失之则会使厦门暴露在清军威胁之下，后果不堪设想。

9. 郑军前有强敌，背临大海，处于兵家所说的“死地”。郑成功决心破釜沉舟，与清军决一死战。

10．郑军一贯以攻为守，习于野战。但郑成功认识到与清八旗军进行野战对己不利，于是改变战略，以防御为主，伺机出击歼灭敌人。

11．顺治十年（公元1653年）五月，清军经过一段时间的休整、准备之后，开始对海澄发动进攻。

12. 郑成功手执南明隆武帝赋予的“招讨大将军印”，当众宣誓，“宁为玉碎，不为瓦全”，鼓励将士奋力死战，恢复明朝江山。还宣布：有冒死立功者，愿将此印转赠。

13. 清军得知郑军改变战略据城固守，也暂时按兵不动，而以其火力优势连日猛轰海澄。

14. 一时间海澄城飞沙走石，所修木栅全被击碎，营垒整了又毁，士兵伤亡颇多。

15. 在这紧要关头，郑成功亲临前线一面激励将士，一面命令战士挖掘掩体，减少伤亡。

16. 这时，郑军派出的探子回报说，清军的弹药即将用完，近期无法补充。郑成功判断清军必将在近日寻求决战。

17. 郑成功命令“神器营”在半夜秘密将城内所有火药埋在城外外壕，把引信通过地道引至城内。

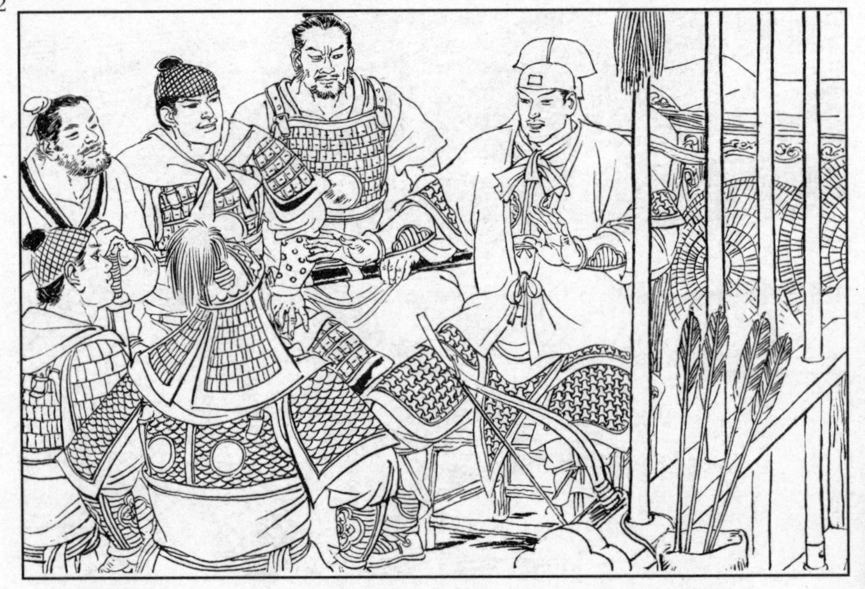

18. 同时召集众将布置方略：先把清军引入外壕，然后引爆炸药，全线出击。

19. 不出郑成功所料，在猛烈炮火的攻击后，清军锐气果然下降，于拂晓前匆忙对海澄发动了冲锋。

20. 郑军的前沿部队与清军短兵相接，展开激烈的肉搏战。

21. 战至天亮，郑军故意败退，把清军主力引向外壕。清军不知是计，步步进逼。

22．郑成功见清军主力大部分进入外壕，而郑军退尽之后，下令点发火药。

23. 霎时间爆炸声震天动地。清军毫无防备，被炸得血肉横飞，死伤惨重。

24. 爆炸刚停，郑军全线出击，将过壕的清军全部消灭。

25. 郑军士气大振，乘势追击。清军一败涂地，只有部分残军逃回本部。

26. 海澄之役，郑成功审时度势，奋勇作战，终于击败八旗精骑，在“死地”获胜。随即乘胜进兵，控制了闽、粤一千余里的海岸以及陆上漳、泉、潮、惠等地，拥有精兵二十万人，成为当时抗清的主要力量。

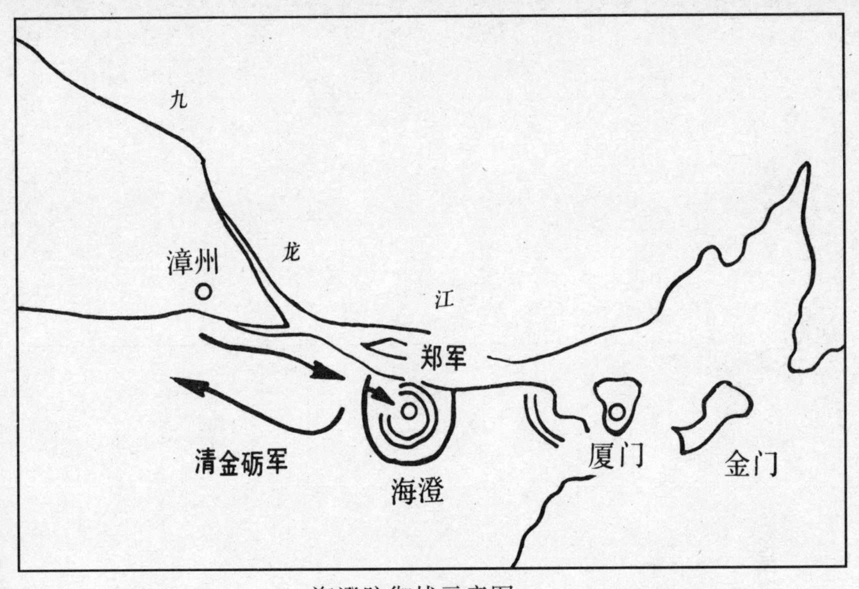

海澄防御战示意图

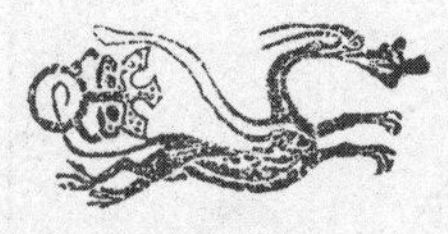

孙 子 兵 法

SUN ZI BING FA

战 例

刘秀奇兵捣虚战昆阳

编文：肖　珊

绘画：钱定华　水　兰　钱　韵

原　文　古之善用兵者，能使敌人前后不相及，众寡不相恃，贵贱不相救，上下不相收，卒离而不集，兵合而不齐。

译　文　古时善于指挥作战的人，能使敌人前后部队不相策应，主力和小部队不相依靠，官兵不相救援，上下建制失去联络，士卒溃散难以集中，对阵交战阵形也不整齐。

1. 王莽新朝年间，徭役繁多，横征暴敛；连年水旱蝗灾，民不聊生。各地爆发了声势浩大的农民起义，最为突出的是威震山东的赤眉军和纵横中原的绿林军。

2. 西汉王朝宗室刘玄、刘缜、刘仲、刘秀等人，也先后投身王匡、王凤领导的绿林军。

3. 王莽地皇四年（公元23年）一月，绿林军向西挺进，逼近王莽统治的军事重镇宛城（今河南南阳）。

4. 二月，起义军拥立刘玄称帝，建立汉政权，改年号为更始。刘縯为大司徒，刘秀为太常偏将军，各路起义军统称为汉军。

5. 汉军兵分两路，以主力军围攻宛城，另一支部队由太常偏将军刘秀等人率领袭向颍水以南，于三月进占昆阳（今河南叶县）、定陵（今河南舞阳北）和郾城（今河南郾城西南）。

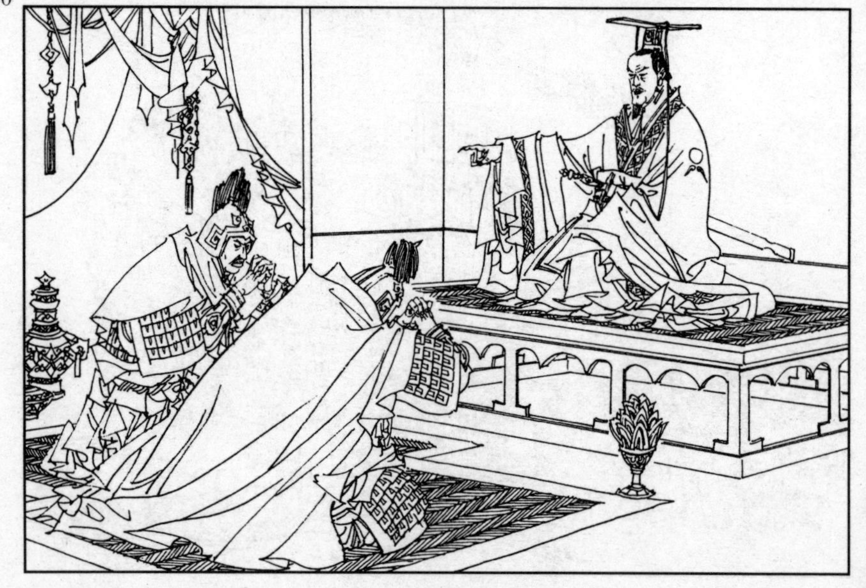

6. 汉军连连大捷的消息传至长安，王莽非常恐慌，命令心腹大司空王邑、大司徒王寻从各州郡调兵，企图歼灭汉军。

7. 王莽招募天下懂得兵法的人担任军中参谋，以身高一丈的巨毋霸为垒尉，并驱赶一群大象、老虎、豹、犀牛等动物，在军中助威。

8. 调集的王莽军有四十三万人，号称百万。行军之时，旌旗蔽日，辎重连接，黄尘滚滚，千里不绝。

9. 汉军将领见王莽军声势浩大，更有一员前驱巨将率大群野兽而来，惊慌不已，纷纷退回昆阳。

10. 众将慑于王莽军声势，忧心忡忡，担心身家性命，意欲放弃昆阳，分散回去各保自己的地区。唯有太常偏将军刘秀镇定自若。

11. 刘秀道：“今昆阳兵弱粮少，而外寇强大，全靠大家并力抵御，才有胜利的希望。如若分散，势必都不能保全。”

12. 刘秀扫视了诸将的神态，继续分析说："我军尚未攻克宛城，如昆阳被王莽军攻破，我围攻宛城的主力也就危险了。诸公不思同心协力坚守此城，却想各自保全妻儿财物，岂不被人嗤笑！"

13. 成国上公王凤等将领怒斥刘秀：“刘将军有何胆略，竟敢如此？”刘秀听后笑而不答。恰好，探马回来报告，王莽军已至城北，兵陈数百里，不见后队。

14．诸将听罢，无不惊慌失色，兵临城下，走亦嫌迟，只能另图良策。王凤等向来轻视刘秀，但到了危急关头，见他从容不迫，只好讨教于他。

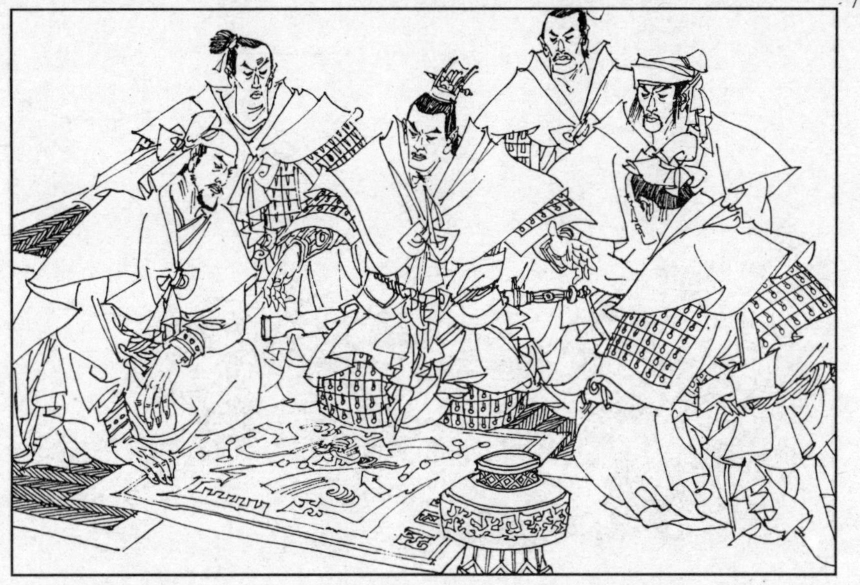

15. 刘秀详细向他们分析情况，筹划行动方案：昆阳城里的汉军只有八九千人，此时势难出战；但昆阳城坚壕阔，足以坚守。因此，可留王凤和廷尉大将军王常守昆阳。

16. 而刘秀则率五威将军李轶等十三人，骑快马潜出南门，向定陵、郾城征集援军。众将一时也想不出计策，就同意刘秀的意见。当天夜里，刘秀即率李轶等人出发了。

17. 这时，王邑、王寻已率十万王莽军包围了昆阳。纳言将军严尤向王邑建议："昆阳虽小，但城廓坚固，一时难以攻克；而称帝的刘玄现在围攻宛城，我如大军去宛，刘玄必逃。刘玄离开宛城，昆阳自然屈服。"

18. 王邑对严尤的建议不屑一顾，他认为自己统兵百万，遇城而不能攻克，如何建立威望？应当先屠昆阳，然后喋血而进，才显得我军威武。

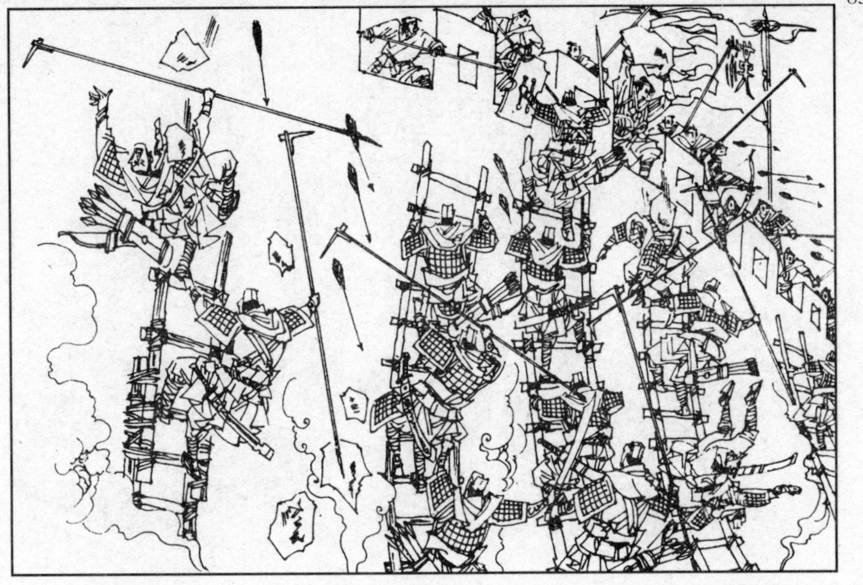

19．王邑指挥大军围困昆阳城数十重，列营帐百余座，军鼓声达数十里，把昆阳城围得水泄不通，日夜攻打。

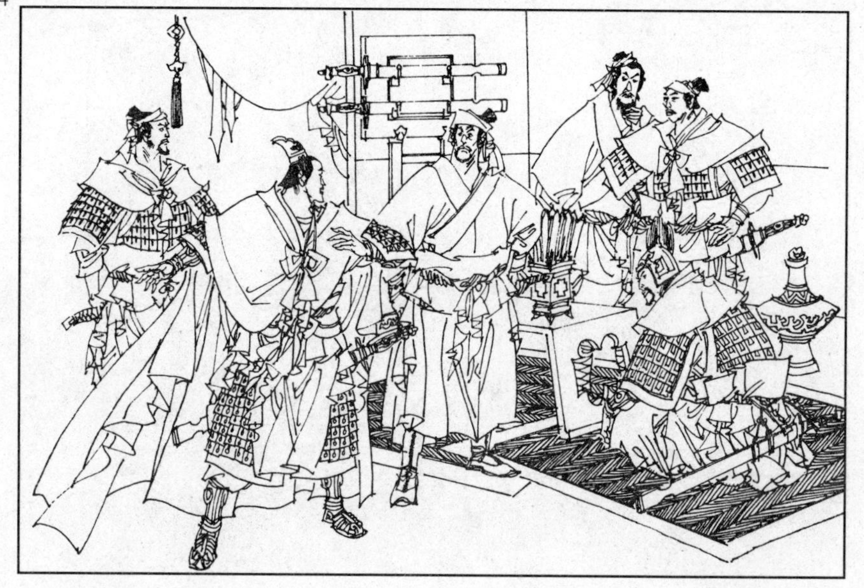

20. 刘秀到了郾城、定陵，欲集中各营兵力驰援昆阳。各营将领却贪惜已得到的财物，打算分兵留守。

21. 刘秀说：“今若破敌，珍宝万倍，大功可成；如为敌军所败，性命难保，何况财物这种身外之物？”诸将一听有理，将全部兵力开赴昆阳。

22. 六月，援军靠近昆阳。刘秀亲自率领一千多精锐步、骑兵为前锋，在距离王莽大军仅四五里处，摆开战斗阵势。

23. 王邑在营中遥望，见来援汉军不过千余人，不堪一击，就派数千人迎战。

24. 刘秀挥兵猛进，一马当先，杀敌数十人。

25. 汉军前锋见主将如此英勇，士气倍增，向王莽军展开猛烈的冲击。王莽军败退，汉军首战告捷。

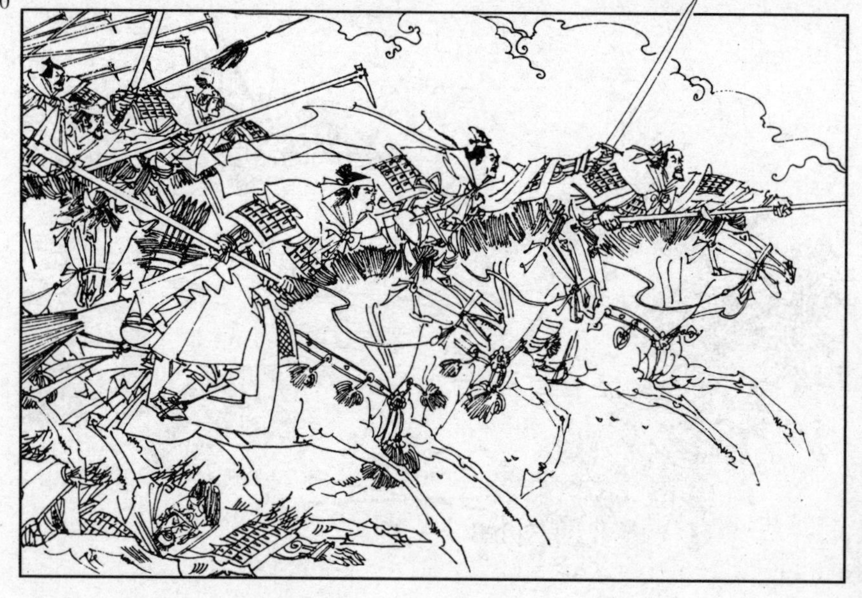

26．刘秀前锋一再获胜，后续将士胆气益壮，无不以一当十，勇猛冲杀。

27. 刘秀又设一计，派人持信向昆阳城内的汉将王凤、王常密报“宛城已被刘玄攻克”，并示意送信人将密信遗失，让王莽军拾取。

28. 汉军占领宛城的消息，扰乱了王莽军的军心，士气顿时低落。

29. 刘秀见反攻时机已到，就选拔猛士三千组成敢死队，迂回到城西，出其不意地涉过昆水，冲向王莽军的指挥中心。

30．天刚拂晓，刘秀的敢死队突然出现在王莽军中大营附近。意外的袭击，使王莽军阵势大乱，王寻、王邑措手不及，匆忙下令各军坚守阵地，没有将令，不得随便行动，以免造成混乱。

31. 主将王邑、王寻亲自率领一万人迎击汉军。这正中刘秀之计，汉军迅速地切断了王邑、王寻与各部王莽军的联系。

32. 激战开始，汉军斗志旺盛，猛打猛冲，王莽军招架不住，队形大乱。混战中，王寻被杀，王邑见势不妙，丢下队伍逃跑。

33. 失掉主将的王莽军四散逃命，全军陷于瘫痪。而其余的部队又拘守命令，不敢擅自离开自己的位置。

34. 王莽军眼看着前面的部队溃退下来，却无人敢去增援。等到败兵拥到眼前，再想压住阵脚，已为时过晚。

35. 城中汉军乘势打开城门，冲杀出来；从定陵、郾城来的援军全面发起冲击，内外夹攻，喊杀声震天动地，十万人的王莽军全线土崩瓦解。

36. 溃逃的王莽军自相践踏，积尸遍野。

37. 这时，忽然风雷大作，屋瓦皆飞，暴雨瓢泼而下，滍川（流经昆阳北）猛涨，王莽军更为惊恐。

38. 随队的虎、豹、犀、象，未能大显神威就被吓得四散奔逃，巨毋霸也丧身滍水。

39. 遍野的溃兵被滍水阻挡，淹死的人数上万，咆哮的滍川几乎被尸体堵塞断流。

40. 王莽军王邑、严尤等将领踏着死尸渡水才得以逃脱。

41. 汉军大捷，缴获了王莽军的全部军用物资，一连搬了一个多月尚未搬尽，乘下的只得烧毁。

42. 此时，宛城也已被汉军攻破。大司空王邑仅率从长安出发时带的数千卫士回到洛阳。消息传至长安，王莽朝廷极为恐慌。

43. 各地豪强乘机起兵，杀官夺地，反对王莽，自称将军，用汉年号以待刘玄部队。

44. 地皇四年（公元23年）九月，汉军乘胜攻下洛阳。十月，大军进入长安。王莽新朝在昆阳大战以后三个月就彻底垮台。

战例

刘沔攻其要害救公主

编文：余中兮

绘画：陈亚非 淮 联

原　文　敢问："敌众以整，将来，待之若何？"曰："先夺其所爱，则听矣。"

译　文　请问："假如敌军人数众多且又阵势严整地向我前进，用什么办法对付它呢？"回答是："先夺取敌人最关键的有利条件，就能使它不得不听从我的摆布了。"

1. 唐文宗开成五年（公元840年），北方少数民族回鹘被西邻黠戛斯部打败，诸部四下逃散。

2. 一部回鹘溃兵逃到唐朝天德军（今内蒙古乌拉特前旗东北）塞下，并于唐武宗会昌元年（公元841年）二月，拥立乌希特勒为乌介可汗。

3. 回鹘被黠戛斯打败之后，原先唐廷为了和亲而嫁给回鹘可汗的太和公主（唐宪宗长女，唐武宗的姑母）也被黠戛斯所获。

4．黠戛斯人自称是李陵（汉武帝时为骑都尉，率兵出击匈奴，战败投降，病死匈奴）的后裔，与唐朝皇帝同姓，为了讨好唐廷，就在这年十一月派遣使者送太和公主归唐。

5. 乌介可汗得悉后，立即领兵杀死了护送的黠戛斯人，夺回太和公主。仗着姻亲，提出借唐朝边城振武（今内蒙古托克托南）以供公主、可汗居住。

6. 唐武宗以前代未有借城先例为由，拒绝了回鹘的请求，但因太和公主被他们控制着，只得派遣使者前去慰问，并送粮二万斛赈济回鹘部众。

7．乌介可汗不死心，又于会昌二年五月，提出借唐朝天德城，也被唐武宗拒绝。

8. 乌介可汗有恃无恐，率众往来于天德、振武之间专事剽掠。至会昌二年八月，竟率众突入大同川，在河东大肆掳掠。

9. 唐武宗于是任命河东节度使刘沔兼任招抚回鹘使，并明确规定：如果需要动用兵力，各道行营的兵马都由刘沔统一指挥。

10. 回鹘自被黠戛斯打败后兵马虽已大为衰减，但当时还自称有十万之众。会昌三年春，回鹘乌介可汗率众侵逼振武，气焰甚为嚣张。

11. 刘沔身受重职，思虑再三，终于定下破敌之计。他让人请来了麟州刺史石雄和都知兵马使王逄。

12. 刘沔对石雄、王逢道：“乌介可汗如此嚣张，所恃无非太和公主。你们领兵前往振武，袭击乌介可汗的牙帐，把太和公主抢回来，回鹘自然就败。”

13. 石雄、王逢得令，当下带领沙陀朱邪赤心三部及契苾、拓跋三千骑兵直奔振武城。随后，刘沔也率领大军跟进。

14. 石雄等人率兵到了振武，立即登上城楼观察回鹘军营情况。

15. 只见乌介可汗牙帐旁有数十乘毡车，进出的人都穿红着绿，颇像汉人。

16. 石雄派出一名间谍混入敌营一探，得知那便是太和公主的篷帐。

17．石雄再派间谍入敌营通知太和公主："即将攻击可汗，请公主与侍从自相保护，驻车勿动。"

18. 天色渐暗，石雄令人悄悄地在城墙上凿了十来个洞穴，同时让士兵做好出击准备。

19. 夜阑人静，石雄一声令下，全体骑兵从各个门洞迅速出城，驰奔敌营。

20. 按照事先部署，石雄率领人马直冲可汗牙帐，将太和公主的毡车重重保护起来。

21. 直到此时，回鹘部众方才发现情况突变，乌介可汗想携太和公主一道退走，但已势所不容，情急之下，只得舍弃辎重，轻骑溃逃。

22. 石雄乘胜率军追击，至杀胡山（今内蒙古包头西北）将回鹘军追及，双方展开激烈搏杀。

23. 结果回鹘军惨败，乌介可汗身受重伤，在数百精兵的保护下侥幸脱逃。

24. 这一仗共斩首万级，收降回鹘部落两万余人。石雄迎回太和公主奏凯班师。

25. 刘沔派人向唐武宗报告了石雄大败回鹘的好消息，并将太和公主护送到长安。

26. 石雄破回鹘有功，被擢升为丰州都防御使。而乌介可汗却因为失去太和公主，又遭石雄打击，自此一蹶不振。